Wortgesänge

EINE HARMONISCHE VERSCHMELZUNG
VON LYRIK UND MUSIK FÜR DIE SEELE

GERHARD SINGER

Impressum:
Bibliografische Information der Deutschen Nationalbibliothek. Die Deutsche Nationalbibliothek verzeichnet diese Publikation in der Deutschen Nationalbibliografie; detaillierte bibliografische Daten sind im Internet über http://dnb.d-nb.de abrufbar.
Veröffentlicht bei Infinity Gaze Studios AB
1. Auflage
März 2024
Alle Rechte vorbehalten
Copyright © 2024 Infinity Gaze Studios
Texte: © Copyright by Gerhard Singer
Bilder: V.Valmont
Cover & Buchsatz: Valmontbooks
Das Werk ist urheberrechtlich geschützt. Jede Verwertung außerhalb des Urheberrechtsgesetzes ist ohne Zustimmung von Infinity Gaze Studios AB unzulässig und wird strafrechtlich verfolgt.
Infinity Gaze Studios AB
Södra Vägen 37
829 60 Gnarp
Schweden
www.infinitygaze.com

Augen eines Engels

Tobende Schmetterlinge im Bauch,
du hast meine Sinne geraubt.
Gefühle fahren Achterbahn, zu tief in deine
Engelsaugen gesehen.
Du bist einzigartig, du bist wunderbar,
du bist mein Leben,
bist der Atem, der mich am Leben erhält.
Wenn du lachst,
wenn deine Stimme meine Seele berührt,
Angel, spürst du es auch? Was ist passiert?
Liebe fühlen, Sehnsucht lässt meinen Verstand brennen,
längst nicht mehr daran geglaubt, doch da hast du mich
nur kurz angeschaut, da war es um mich geschehen.
Kann und will nie mehr von dir gehen,
ich inhaliere deinen Wahn. Verlieben, verloren,
kann es nicht verstehen, bist so fern und doch so nah.
Will schreien, wie erfüllt du mich machst,
träume von dir, haben mein Herz
verführt. Mein Stern, mit Engelsaugen;
werfe dir mein Leben zu Füßen.

Bitte Geh

Strophe 1:
Jetzt ist es in mein Herz gekracht, habe es lang verdrängt,
warum musste das geschehen, hast du immer wieder unser
Morgen enttäuscht.
Hab dir Chance nach Chance gegeben, so viel "Ich verzeih
dir" entgegengebracht,
doch mit deinen Lebenslügen hast du mich eingeengt.
Kann und will es nicht weiter verstehen, kann und will so
nicht mehr mit dir leben,
deshalb sag ich dir –

Refrain:
Bitte geh, nimm dein verlogenes Herz und geh,
warum hast du mir das angetan? Meine Seele verbrannt?
Es tut so weh.
Bitte geh, sagst "Schatz, ich war dumm, ich liebe dich,
verzeih", es ist zu spät.
Mein Verstand hat sich in der Hoffnung verrannt, bitte
geh, nimm dein verlogenes Herz und geh.

Strophe 2:
So tief, was einst vor Gott begann, in guten wie in
schlechten Zeiten,
ich kann nicht mehr, mein Körper resigniert, Alarmsignal.
Die schlechten Zeiten haben uns ins Nichts katapultiert,
wie, wann wolltest du was an deinem Schritt zurück
ändern? Sag wann??
Keine Kraft mehr zu kämpfen, bleibt keine Wahl,

Refrain:
Bitte geh, nimm dein verlogenes Herz und geh,
warum hast du mir das angetan? Meine Seele verbrannt?
Es tut so weh.
Bitte geh, sagst "Schatz, ich war dumm, ich liebe dich,
verzeih", es ist zu spät.
Mein Verstand hat sich in der Hoffnung verrannt, bitte
geh, nimm dein verlogenes Herz und geh.

Strophe 3:
Sieh's doch endlich ein, du hast mein Herz gebrochen,
ein gemeinsames Wir kann so nicht mehr sein, ich liebe
dich, ich liebe dich.
Mensch, mach's mir doch nicht so schwer, ich weiß nicht
wirklich, wann du die letzte Wahrheit ohne Lügen
gesprochen hast.
Das Gefühl, du bist alles für mich, das fühl ich nicht mehr,
und glaube, ich liebte dich,
doch unser Morgen ist im Gestern irreparabel implodiert,
deshalb sag ich dir –

Refrain:
Bitte geh, nimm dein verlogenes Herz und geh,
warum hast du mir das angetan? Meine Seele verbrannt?
Es tut so weh.
Bitte geh, sagst "Schatz, ich war dumm, ich liebe dich,
verzeih", es ist zu spät.
Mein Verstand hat sich in der Hoffnung verrannt, bitte
geh, nimm dein verlogenes Herz und geh.

Liebe Mich und Lüge Nicht

Strophe 1:
Ach, wie oft muss ich noch aufstehen, immer wieder
hast du mich zu Fall gebracht,
dachte jetzt bin mal ich dran,
doch schmerzvoll musste ich akzeptieren,
aufs Übelste hast du mein Vertrauen missbraucht.

Refrain:
Bitte liebe mich und lüge nicht, was soll ich fühlen?
Ich kann nicht mehr, liebe mich und lüge nicht,
Explosionen in meinem Herz, was hast du gemacht?

Strophe 2:
Gefühle so tief, so intensiv, alles war gut,
sind auf brennenden
Sternen geritten, sind durchs Feuer und Eis marschiert,
nichts und niemand kann uns trennen.

Refrain:
Bitte liebe mich und lüge nicht, was soll ich fühlen?
Ich kann nicht mehr, liebe mich und lüge nicht,
Explosionen in meinem Herz, was hast du gemacht?

Strophe 3:
Zu oft geglaubt, zu oft die Wahrheit verbaut,
du musst nun gehen,
fürchte mich vor der einsamen Nacht,
ich liebe dich, doch was, wenn ich doch nicht mehr kann,

ohne Vertrauen werden wir in der Glut der Liebe erfrieren,
was einst so stark war,
ist durch deine Lügen verraucht.

Refrain:
Bitte liebe mich und lüge nicht, was soll ich fühlen?
Ich kann nicht mehr, liebe mich und lüge nicht,
Explosionen in meinem Herz, was hast du gemacht?

Strophe 4:
Ich lass dich nicht los, gib mir neuen Mut,
ich liebe dich, doch habe ich zu sehr gelitten,
zuviel ist passiert.

Refrain:
Bitte liebe mich und lüge nicht, was soll ich fühlen?
Ich kann nicht mehr, liebe mich und lüge nicht,
Explosionen in meinem Herz, was hast du gemacht?

Boomerang

Strophe 1:

Ich sitze, wie jeden Tag, viele Stunden am See,
frage mich immer wieder, wo bist du nur?
Wer zeigt mir den richtigen Weg zu dir?
Fast ganz den Glauben an dich verloren,
Regentropfen verdünnen meine Tränen,
nass, kalt, ich will gerade gehen,
da stehst du einfach da,
einfach so, Traumbild wird Realität,
was geschieht hier?

Refrain:

Boomerang, du bist alles und noch viel mehr,
bist der Wind, der die dunklen Wolken vertreibt,
dein Licht lässt das Universum strahlen,
du bist alles und noch viel mehr,
das Gestern macht heute keinen Sinn mehr, wenn wir uns
ins Morgen lieben,
deine Berührungen verbrennen meinen Verstand,
du bist, du bist alles und noch viel mehr...

Strophe 2:

Oh, ich schreie es hinaus in die Welt, ich liebe dich...
Verdammt, ich habe es so vermisst, ohne Worte hast du
mich zu dir gezogen,
mich heiß und fordernd geküsst, kann schwer glauben,
fühlen, was ich nicht versteh, genieße blind diesen
Feuerstrudel in mir,
Schwindel, Glücksgefühle pur,

vorbei die leere Zeit, nur noch wir,
Welt, ich bin wieder hier, bin neu geboren,
war alles noch so aussichtslos,
dein Herz hat mich gefunden, nie mehr allein,
10000 Worte können es nicht sagen, erwähnen, was ich für
dich fühle.

Strophe 3:
Liebe, Gefühle, Schmerzen, Sackgasse –
wie soll man das alles verstehen?
Glaube, Hoffnung, Glückseligkeit,
mit dir wurde alles wahr,
es ist nie zu spät, Schatz, hey, Baby,
ich lasse dich nie mehr gehen,
du bist, du bleibst alles...

Eisflammen

Strophe 1:
Zu oft geliebt, zu oft verbrannt,
zu tief gefühlt, zu tief verletzt, immer wieder.
Explosionen im Herzen, Amors Pfeile blockiert,
jeglichen Platz für Gefühle verengt,
warum bist du immun,
hast die Mauer um mich gesprengt,
Welten zwischen dir und mir,
warum hast du mich berührt?

Refrain:
Du bist mein Schicksal, meine zweite Haut,
Engel aus Eis, du bist die Liebe,
auf die mein Herz voll baut.
Du bist das Schicksal,
und das lässt sich durch nichts bestechen,
dringe ganz tief in mein Herz
und lass uns Eisdecken brechen,
nun ist es so passiert, Eisfeuer gefriert,
bist das Größte überhaupt.

Strophe 2:
Eiszapfen aufgetaut, Sehnsucht nach
einem gemeinsamen Morgen, Liebe
heizt meine Sinne auf. Du bist das Flammenmeer,
das meinen Verstand verbrannt, gib uns eine Chance,
ein Jetzt, verzehre mich nach dir, halte mich,
unerfüllte Liebe kann so schmerzen,
was gestern war, ist heute gewesen,

habe ich dich bevor es
begann verloren, tu mir das nicht an.

Refrain:
Du bist mein Schicksal, meine zweite Haut,
Engel aus Eis, du bist die Liebe,
auf die mein Herz voll baut.
Du bist das Schicksal,
und das lässt sich durch nichts bestechen,
dringe ganz tief in mein Herz
und lass uns Eisdecken brechen,
nun ist es so passiert, Eisfeuer gefriert,
bist das Größte überhaupt.

Strophe 3:
Was soll ich ohne dich machen,
bist der Stern, der mein Denken lenkt,
die Frau, die mich jede Nacht im Schlaf verführt,
inhaliere deine Wildheit heut Nacht.
Bist du noch so fern, ich glaube wieder, gib mir den freien
Platz in deinem Herzen, ich gebe es nie mehr her,
Eisflammen, was hast du gemacht?

Refrain:
Du bist mein Schicksal, meine zweite Haut,
Engel aus Eis, du bist die Liebe, auf die mein Herz voll
baut. Du bist das Schicksal, und das lässt sich durch nichts
bestechen, dringe ganz tief in mein Herz und lass uns
Eisdecken brechen, nun ist es so passiert,
Eisfeuer gefriert, bist das Größte überhaupt.

Der erste Blick in diese Augen

Ich hatte dich vorher noch nie so anders gesehen,
doch hast du mich angelacht,
beim ersten Blick war es geschehen.
Was hat das Schicksal da gemacht?
Mein Herz schlug plötzlich immer schneller,
meine Liebe zu dir wurde immer klarer, immer heller.
Plötzlich war es geschehen, hast mich zärtlich berührt,
die Wahrheit zu sagen, habe ich verpatzt,
nur an dich konnte, wollte ich denken,
dachte, Gefühle sind frei, die Liebe kommt von ganz allein.
Habe die Tür zu dir nicht aufgemacht,
die Seifenblase für morgen war gestern längst geplatzt.
Offene Sehnsucht liegt bei mir seit Ewigkeiten auf Eis,
vermisse dich so sehr, lebst in einer anderen Dimension,
was war, ist bei mir noch lang nicht vergessen.
Du hattest nicht nur mein Lächeln erhellt,
sondern mein Leben auf den Kopf gestellt.
Verliebt und geschwiegen, das ist wohl der Preis,
Lichtjahre liegen zwischen dir und mir,
gefühlt am anderen Ende der Welt.
"Ich liebe dich" werde ich nur in meinen Träumen dir
sagen, du wachst als Engel über mich, vielleicht, jetzt und
hier. Für mich lebst du real, betrittst
meinen Raum, so wunderschön und zart in deinem Wesen,
der schönste Traum. Niemand zerstört das, was ich fühle,
kein Feuer, keine noch so große Explosion,
du bist das Wertvollste, nicht zu ersetzen mit keinem Geld,
mein Herz hat dich so lieb, so gern, schreie es in den Tag,
du warst, bist und bleibst mein Glücksstern!

Feuer aus Eis

Liebe zulassen, ist so lange her,
Enttäuschungen haben mich zerfetzt,
habe mich vor Gefühlen versteckt,
doch da ist mir das Schicksal in die Quere gekommen.
Dein süßes Lachen lässt Schmetterlinge in mir fliegen,
Deine blendende Schönheit,
Deine Augen, Dein zartes Wesen,
fesseln meinen Verstand.
Feuer aus Eis, bitte halte mich,
lass mich nun nicht lieblos liegen,
Feuer aus Eis, blind vertraue ich Dir mein Herz,
bin wehrlos, wenn ich Dich sehe,
bitte küss mich noch einmal,
nimm mir den Schmerz, ich liebe Dich,
nur Du, ich habe keine andere Wahl.
Ich kann nichts dazu, mein Pulsschlag rast in Deiner
Nähe, nicht an Dich zu denken, fällt schwer,
will mehr von Dir, hast mich in Trance versetzt,
diese Sehnsucht nach Dir,
habe die Liebe neu entdeckt.
Hörst du mein Verlangen?
Hast du es schon vernommen? Feuer aus Eis,
sei mein Morgen jeden Tag und jede Nacht,
oh Mann, ich bin ja so verliebt, machst mich benommen,
hast mir vergessene Träume zurückgebracht,
bist mit viel Gefühl in mein graues Leben gekracht!

Engel in Weiß

Strophe 1:
Gelangweilt starre ich an die Krankenhauswand,
acht Tage schon liege ich hier herum,
alle Stunde Puls und Blutdruck messen,
guten Morgen liebe Patienten. Plötzlich standest du vor
mir, eine Erscheinung, die mein Immunsystem pusht,
ich will, muss schnell wieder gesund werden,
verknallt, verliebt, hetze in Zeitlupe über den grellen Flur,
irgendwie zeitlos, wo bist du hin? Leere blockiert meinen
Verstand, und dann wieder mit einem zarten Hallo, fliegst
du an mir vorbei.

Refrain:
Immer wieder dieses Fieber, du kannst nur ein Engel sein,
du lässt tausend ungeträumte Träume vibrieren,
immer wieder dieses Fieber, SOS ich verbrenne,
SOS, Feuerblitze treffen mich, bei jedem Gedanken an dich,
Wahnsinn, das Kribbeln, wenn dein Lachen mich berührt,
immer wieder dieses Fieber, wenn dein Blick mich verführt.

Strophe 2:
He, unbekannter Engel, schönster auf Erden,
habe ich dir gesagt, wie angetan ich von dir bin?
He, unbekannter Engel, wieso, weshalb, warum?
Du hast in einer Sekunde mein Herz geklaut,
wenn du gehst, wie soll ich dich je vergessen?

Refrain:
*Immer wieder dieses Fieber, du kannst nur ein Engel sein,
du lässt tausend ungeträumte Träume vibrieren,
immer wieder dieses Fieber, SOS ich verbrenne,
SOS, Feuerblitze treffen mich, bei jedem Gedanken an dich,
Wahnsinn, das Kribbeln, wenn dein Lachen mich berührt,
immer wieder dieses Fieber, wenn dein Blick mich verführt.*

Strophe 3:
*Frage mich immer wieder aufs Neue,
was passiert hier mit mir, heiß und kalt,
du darfst so nicht mit mir spielen, ich liebe dich,
ich zerreiß mich nach dir, Engel in Weiß,
bleibe bitte, bleibe, möchte dich atmen, dich fühlen.*

Refrain:
*Immer wieder dieses Fieber, du kannst nur ein Engel sein,
du lässt tausend ungeträumte Träume vibrieren,
immer wieder dieses Fieber, SOS ich verbrenne,
SOS, Feuerblitze treffen mich, bei jedem Gedanken an dich,
Wahnsinn, das Kribbeln, wenn dein Lachen mich berührt,
immer wieder dieses Fieber, wenn dein Blick mich verführt.*

Fragezeichen

Es ist so, es ist so, wir zwei sprengen die Zeit,
haben uns aneinander verloren, du denkst, was ich sage,
du fühlst, das, was ich fühle, ob du lachst,
oder ob ich mal weine, zwischen uns ist so viel mehr.
Warum, warum willst du das nicht kapieren?
Nein, nein, nein, tu was, lass mich nicht so einfach gehen,
verdammt, trau dich endlich, ich will es doch auch,
werde zu dir stehen, küss mich willenlos,
nein, lass mich nicht einfach gehen, ich liebe dich.
He, hörst du mich, lasse es bitte raus, Eis und Feuer, wenn
wir uns in die Augen schauen, ein Hurrikan des
Verlangens tobt sich in unseren Köpfen aus.
Du lachst mich an, sendest Signale, immerzu,
und nun willst du mir sowas erzählen?
Du siehst uns nicht, dein Herz sei nicht bereit,
unsere Stunden, die wir verbracht,
wir sind neu geboren,
nun hast du Angst vor jedem neuen Tag.
Glaube an dich, liebe mich, und an das, was du machst,
tu was, lass mich nicht so einfach gehen,
verdammt, trau dich endlich, ich will es doch auch,
werde zu dir stehen, küss mich willenlos, nein,
lass mich nicht einfach gehen, ich liebe dich.

Gletscherfeuer

Liebe, Träume, Seelenblitze,
alles längst Vergangenheit.
Ich habe Gefühle tief in mir versteckt,
Kälte hat mein Herz verbrannt, 1, 2, 3, es
kommt immer wieder hoch, dein Du,
eine Sekunde zu tief in deinen Blicken gefangen,
einmal haben wir uns zu tief berührt,
habe mich vergebens gewehrt, mich verliebt, es zugelassen.
Was ist hier los? Hormone tanzen Tango in mir,
Du bist die Frau, nach der sich mein Ich gesehnt,
Jahre, Monate, Tage, Stunden, Sekunden,
im Eis des ewigen Feuers haben wir uns einst gefunden.
Du bist die Flamme, die unentwegt in mir brennt,
lässt mein Blut kochen und gefrieren,
greife nach dir, doch du scheinst so weit, 1, 2, 3, SOS,
verliere den Verstand, küss mich, lass es zu.
Will dich jetzt, nicht um ein Morgen bangen,
Gletscherfeuer, kann es nicht fassen,
du bist was Besonderes, sehne mich nach dir,
hörst du mein Herz, mein Puls pochen?
Habe ich es schon erwähnt?
Ich liebe dich, ich will jetzt und für immer zu dir.

Herz aus Stein

Was du machst, das kannst du doch nicht wollen,
da muss doch noch irgendwas sein, hast doch nicht
wirklich mit meiner Liebe gespielt, mein Verstand
verbrannt, was da geht, geht gar nicht, hörst du?
Habe alles riskiert, Herz aus Stein;
vorbei geliebt; vorbei gespürt;
Herz aus Stein; Volltreffer, lässt mich eiskalt allein;
Hoffnungen; Träumereien; explodiert;
bitte lass mich bei dir sein; ein Blick zu mir;
ein kühles "Es ist aus und vorbei".
Herz aus Stein; Gefühle betoniert;
hast mir den Boden unter den Füßen weggesprengt;
sage mir, was habe ich falsch gemacht,
warum willst du heute mit mir kein Morgen mehr?
Sage warum, warum diese Unwissenheit,
du fehlst mir so sehr, wo ist unsere Unendlichkeit,
kann und will das Gestern nicht vergessen;
lauf mit mir aus dem Dunkel ins Licht,
siehst du das Ziel? Es kann funktionieren,
pures Gefühl und die Steinwand bricht.
Liebe mich, fühl mit mir in die Vollen, dein Nein,
kann es nicht kapieren, du willst weg?
Krieg es nicht in s Hirn rein, verwählt,
rückwärts geliebt, zu schnell, zu viel investiert,
wiedermal ich, der verliert, brauche dich,
kann nicht mehr, deine Kälte zwingt mich zu Boden,
null Gegenwehr, Lava und Eis, vorbei,
ausgeliebt, alles leer!

Ich sag Dir...

Strophe 1:

Ziellos renne ich durch die Dunkelheit,
warum machst du das? Warum willst du mich verletzen?
Dachte, wir würden uns aneinander verlieren,
Ich sag dir... du kannst nicht einfach gehen;
bitte halte an uns fest, Ich sag dir... wir brauchen uns,
willst du das nicht verstehen?
Ich sag dir nein, nein, nein, willst du unsere Liebe nicht
sehen? Erst acht Wochen ist es her, beim Joggen bist du
mir über den Weg gelaufen,
ein Blitz, ein Knall, es war Liebe auf den ersten Blick, bitte
bleib, bitte bleib. Doch du willst fort, was nun?

Refrain:

Ich sag dir... du kannst nicht einfach gehen;
bitte halte an uns fest,
Ich sag dir... wir brauchen uns, willst du das nicht
verstehen?
Ich sag dir nein, nein, nein, willst du unsere Liebe nicht
sehen?
Alles war so tief, ging so schnell, als wir uns wild geküsst,
ist ein Meteorit in mein Herz geschlagen, was ist passiert?
Unsere Zukunft erfriert,
warum raubst du unsere gemeinsame Zeit? Aus Liebe
wurde Hass, spürst du, wie Gefühle sich zersetzen? Lass es
uns nochmal probieren, vermisse dich so sehr,
Tränen fließen über den Scherbenhaufen, einst war Liebe
so innig, so prall,
wo ist das einstige Glück? Will es zurück.

Refrain:

Ich sag dir... du kannst nicht einfach gehen;
bitte halte an uns fest,
Ich sag dir... wir brauchen uns,
willst du das nicht verstehen?
Ich sag dir nein, nein, nein,
willst du unsere Liebe nicht sehen?
Kann ohne dich nicht leben, nichts mehr tun,

Refrain:

Ich sag dir... du kannst nicht einfach gehen;
bitte halte an uns fest,
Ich sag dir... wir brauchen uns,
willst du das nicht verstehen?
Ich sag dir nein, nein, nein,
willst du unsere Liebe nicht sehen?

Karambolage

Wir haben uns vor Jahren zärtlich berührt,
was ist da passiert,
es nahm einfach seinen Lauf, gab kein Zurück,
mein Herz hat meinen Verstand verführt.
Die Hitze deines Körpers hat meine Gefühle glasiert,
verliebt, unerwartet auf voller Breite eingeschlagen,
warum war ich zu feige, dir alles zu gestehen?
Wo würden wir heute sein, wäre unser Gestern heute
unser Glück?
Stattdessen schaute ich zu, wie du von mir gegangen bist,
schlittertest in eine neue glückliche Welt,
unter Tränen gönnte ich dir deine lieb gewonnene
Zärtlichkeit,
zu lange Angst, dass ich mir mein Maul verbrennen
würde. Ich liebe dich, mein Herz kann es nicht länger
hinter verschlossenen Türen ertragen,
zu spät, alles verloren, bevor es begann,
Karambolage, Explosion in der Nacht, aus einem Wir
wurde ein Ich liebe mich.
Deine Gefühle, die so perfekt waren, wurden dir mit aller
Härte aus der Realität gerissen,
ich hadere mit dem Schicksal, versuche meine nicht gelebte
Liebe und Gefühle zusammenzuraufen,
was bedeutet noch materielles und Geld, wenn die eigene
Liebe mit Füßen getreten? Du wirkst so nah und
gleichzeitig so weit, Karambolage, meterhoch dieses
Traumland und dauerhaft wachsende Hürden.
Wie repariert man ein zerfetztes Herz, was sage ich, wie
streichele ich ihren Schmerz?

Wer soll wie Gefühle verstehen,
bin ich da für sie, halte ich mich bedeckt,
völlig klar, lasse ich sie nicht im Stich, hörst du, Engels
Frau, bin da für dich. Die Liebe des Lebens einfach wie
Müll ins Eck geschmissen,
ich stecke zurück und begleite dich durch die kalte Nacht,
Karambolage, so darf man mit dir nicht umgehen.
Die Liebe wird dich leiten, Kopf hoch, wie soll man das
Schicksal verstehen? Sei stark, es kommen deine Zeiten, in
Liebe jetzt und immer, halte dich an mir fest, lasse deine
innersten Gefühle zu,
Karambolage, das Schicksal macht den Rest!

Liebe ohne Dornen gibt es nicht

Strophe 1:

Lass mich nicht flehen, bitte gehe nicht von mir,
werfe nicht unser gemeinsames Gestern in die lieblose
Dunkelheit, damit kann ich nicht umgehen.
Wenn ich lache, wer lacht mit mir? Wenn ich weine, wer
weint mit mir? Wenn ich zu Boden falle, wer fängt mich
da sicher auf?
Wenn Engel weinen, wenn längst erloschene Sterne
brennen, dann weiß ich, Liebe ohne Dornen gibt es nicht.
Tränen lassen die Finsternis scheinen,
auch wenn man noch so viel investiert,
immer wieder werde ich mich stechen.
Liebe ohne Dornen gibt es nicht und wird sie niemals
geben. Du willst fort und ich muss es bitterlich erkennen,
Nebel der Sehnsucht nimmt mir jegliche Sicht, nach Dir,
nach vorn, eiskalter Gegenwind, mal wieder ich, der
verliert, heiße Sehnsucht, Einsamkeit lässt mein Herz
wieder mal brechen, immer wieder greife ich im Bett nach
Dir, suche ich nach Deiner Nähe, nur Leere umhüllt mich,
hast Du uns aufgegeben?
Haben wir uns verloren? Schreie deinen Namen, Natalie,
tief in die Nacht, doch du willst mich nicht hören, wieso
musst du uns zerstören, es tut so weh, trotzdem versuche
ich zu akzeptieren.

Refrain:

So viel hat uns an einem Morgen gelegen, diese
Vertraulichkeit,
gemeinsam waren wir eins, innige Zärtlichkeit.

*Noch einmal wieder in deine Arme, zu dir,
ich liebe nur dich, schenke uns nochmal die Zeit, ja, ja, ich
weiß, dass das möchtest du nicht wissen.
Refrain (Wiederholung):
So viel hat uns an einem Morgen gelegen, diese
Vertraulichkeit, gemeinsam waren wir eins, innige
Zärtlichkeit. Noch einmal wieder in deine Arme, zu dir,
ich liebe nur dich, schenke uns nochmal die Zeit, ja, ja, ich
weiß, dass das möchtest du nicht wissen.*

Mary Marlene

Bei Stromschlag Liebe, deine Augen haben mich verführt,
eine halbe Ewigkeit ist es nun schon her,
Gebrauchsanweisung Zärtlichkeit,
Blicke noch nicht durch,
wie der Zufall es will,
sind wir uns über den Weg gelaufen,
Oh oh oh, Mary Marlene,
hast mich mit 1000 Volt elektrisiert,
Oh oh oh, Mary Marlene.
24 Stunden Sonnensturm,
Systemfehler Liebe SOS,
was passiert; liebe mich,
küsse mich; befreie meine Sehnsucht heute Nacht,
seit Tagen verbringen wir jede freie Minute beisammen,
spürst du wie ich; die Schmetterlinge fliegen?
Möchtest du alle die ungesagten Worte von mir hören?
Die ich mich nicht zu sagen trau,
lass uns in ein Morgen alles investieren,
Oh oh oh, Mary Marlene,
hast mich mit 1000 Volt elektrisiert,
Oh oh oh, Mary Marlene.
24 Stunden Sonnensturm,
Systemfehler Liebe SOS,
was passiert, liebe mich, küsse mich,
befreie meine Sehnsucht heute Nacht,
du hast mir dein "Ich liebe dich" in den Verstand
gebrannt,
hast mich tief berührt, ein Blitzlichtgewitter
in meinem Herz fabriziert,

*lass uns jeden Schlag genießen, vertrauen was noch
passiert;
Oh oh oh, Mary Marlene,
hast mich mit 1000 Volt elektrisiert,
Oh oh oh, Mary Marlene.
24 Stunden Sonnensturm,
Systemfehler Liebe SOS,
was passiert, liebe mich, küsse mich,
befreie meine Sehnsucht heute Nacht.*

Wahre Worte

Das sind wahre Worte, man sollte nicht nur
oder hauptsächlich auf Äußerlichkeiten schauen,
sondern dem eigenen Herzen vertrauen,
mit der lodernden Liebe eine gemeinsame Zukunft bauen,
dem Schicksal vertrauen.

Wenn man zu viel erwartet, kann das dein Traum versaun,
sich was wagen, nach vorne sehen,
Hand in Hand in was Neues gehen.
Lieben, loslassen, spüren,
wie immer mehr Gefühle sich drehen,
sich in die Augen schauen, sich richtig verstehen.

Nun nerve ich nicht mit meiner Dichterei,
...wer kennt die besten Worte? 1, 2, 3.

Salto mortale

Wieder einmal sitze ich hier, verliebt und allein,
versuche, tobende Gedanken
an dich irgendwie zu verstehen,
in meinem Traumland könnten wir zusammen sein,
du lässt mich noch heute Gefühle fühlen,
die mich fliegen lassen.
Ich kann es mir schwer erklären,
Liebe kennt kein Wieso, Weshalb, Warum,
kann mich dagegen nicht wehren,
komm, reise mit mir durch die Zeit,
bitte lass es nochmal geschehen,
lass meinen Puls explodieren,
Salto mortale, wir werden alles riskieren.
Fürchte dich nicht, es kann wunderbar sein,
lass uns den Verstand verlieren,
unsere Herzen werden vibrieren.
Deine Küsse lassen Eiskristalle brennen,
spüre mit mir den Zauber auf der Haut,
Salto mortale, du bist meine Liebesgöttin,
tagaus, tagein mein Verlangen, verzehre mich nach dir,
wir sind Liebe und Liebe muss leben, süß träume von dir.
Es wird mir kalt und heiß, wenn ich nur an dich denke,
du bist nah und doch so weit,
immerzu sehne ich mich nach vergangener Zärtlichkeit,
möchte deine Lippen wieder berühren,
lass uns das Feuer wieder spüren,
Salto mortale, ich liebe dich,
lass die Liebe jede Nacht leben,
was bist du süß, was bist du schön,
verliebt, wer will es mir verwehren?

Du bist mein Licht, bist meine Nacht,
Du bist meine Sonne,
Du bist die, die mich so zuckersüß angelacht,
was hast du mit mir gemacht?
Ohne dich ist der Horizont klein,
ohne dich, wie soll man da existieren, glücklich sein?
Reich mir deine Hand,
sei meine Verbindung in dieser Sekunde,
sag nur ein Wort und lass mich hoffen,
Salto mortale, meine Gedanken, Gefühle bleiben frei, jetzt
und in jeder Stunde,
auch wenn die Dunkelheit dein Sternenglanz verdeckt,
Ich habe dich gesucht, gefunden, und werde dich immer
vermissen, verzeih.

So sehe ich dich …

Schon Jahre ist es her,
da war dieser erste Moment,
so ein Feuer ist in mir entfacht,
deine Nähe hat mich gefangen, vernarrt, verliebt,
eine Liebe war geboren.
Lange ist nichts passiert,
nur dieses Feuerwerk in meinem Herz,
hat meine Lava in mir zum Kochen gebracht,
da waren diese verwirrenden Stunden,
welch kribbelnde Zeit,
unsere Blicke haben unseren Verstand verführt,
nichts und niemand hat mich von dieser Sehnsucht,
den heißen Träumen getrennt,
wir waren uns so verdammt nah,
gaben wehrlos der Zärtlichkeit ihren Lauf,
du, das war Glücksexplosion pur.
Kein Wort, kein einziges Wort hatte ich gesagt,
Dunkelheit, gingst aus meinem Blickfeld,
alles war nur noch verschwommen,
ich werde dich, meine Süße, ewig lieben,
das habe ich mir so geschworen,
überwinde jeglichen Schmerz.
Nach so vielen Monaten habe ich dir alles gestanden,
bin mit meinen tiefsten Sehnsüchten
in dein Hier und Jetzt gekracht,
eine Wahnsinnsfrau wie du, die längst gebunden.
Ich flüstere dir ganz leise, was ich fühle,
doch du hörst meine Schreie nicht wirklich,
bist mir wieder so nah und doch so endlos weit,

das Schicksal hat mich willenlos verliebt gemacht,
es hat mit dieser Liebe und deinem Bild in mir,
mich immer wieder und immer wieder verführt.
Wer hat uns ein Morgen gestern geklaut?
Ich brauche, ich vermisse, ich liebe dich,
wo bist du nur?
Was hat diese Leidenschaft mit mir gemacht?
Warum kann ich nicht zu dir,
warum kommst du nicht zu mir?
Es ist okay, Hauptsache dein Herz ist glücklich
und du, wunderbare Rose, blühst täglich aufs Neue auf.
Die Liebe geht ihren Weg, nimmt ihren Lauf,
pass auf dich auf, weil du du bist,
werde ich immer hinter dir sein,
ich lasse dich niemals allein,
die Glut dieser Gefühle wird nie vergehen,
Du bist wunderbar, mein Engel!
Weil du du bist, liebe ich dich noch heute so sehr.

Seelenfeuer

Ganz kurz habe ich dich angesehen,
da traf es mich wie ein Blitz mitten ins Herz.
Ich habe mich an den Dornen der Liebe gestochen,
kann nichts dagegen machen.
Seelenfeuer, du tust mir so gut,
hast meine Gedankenwelt verzaubert,
das finstere Nichts, die Angst vor Enttäuschung gesäubert.
Seelenfeuer, du tust mir so gut,
hast meine Angst vor Gefühlen weggefegt,
meinen Verstand betäubt, denken,
handeln, alles lahmgelegt.
Ich weiß, du kannst meine Worte nicht verstehen,
ich liebe das Kribbeln des angenehmen
Sehnsuchtsschmerzes.
Zu lange aus verletztem Stolz verkrochen,
versuche nicht 24 Stunden an dich zu denken,
doch dann höre ich deine Stimme, dein Lachen.
Seelenfeuer, du tust mir so gut,
hast meine Gedankenwelt verzaubert,
das finstere Nichts, die Angst vor Enttäuschung gesäubert.
Seelenfeuer, du tust mir so gut,
hast meine Angst vor Gefühlen weggefegt,
meinen Verstand betäubt, denken,
handeln, alles lahmgelegt.
Wie oft wurden Herzen gebrochen,
der Glaube an etwas Großes verloren,
süßer Engel, du lässt längst erloschene Sterne brennen,
sind wir füreinander geboren? Ich weiß es nicht.

Nichts aus Himmel und Hölle kann mich von der
Sehnsucht nach dir trennen.
Seelenfeuer, du tust mir so gut,
hast meine Gedankenwelt verzaubert,
das finstere Nichts, die Angst vor Enttäuschung gesäubert.
Seelenfeuer, du tust mir so gut,
hast meine Angst vor Gefühlen weggefegt,
meinen Verstand betäubt, denken, handeln, alles
lahmgelegt.

Sweet Love

Bei Stromschlag Liebe; deine Augen haben mich verführt;
eine halbe Ewigkeit ist es nun schon her;
10 Jahre stehen zwischen Gestern, Heute und Morgen,
Gebrauchsanweisung Zärtlichkeit;
Ich blicke immer noch nicht durch;
Wieder einmal sind wir uns im World Wide Web
über den Weg gelaufen;
Oh Sweet Love, hast mich mit 1000 Volt
elektrisiert; 24 Stunden Sonnensturm;
Systemfehler Liebe, aufgerissene Wunden bereiten wieder
einmal Sorgen, SOS, was ist passiert? Bitte liebe mich;
küsse mich; befreie meine Sehnsucht heute Nacht;
Spürst du, wie ich die Schmetterlinge fliegen?
Möchtest du alle die ungesagten Worte von mir hören?
Die ich mich nicht zu sagen getraut;
Lass uns in ein Morgen alles investieren;
Ich habe mir mit dieser Liebe den Verstand verbrannt,
einmal zu tief berührt; Es hat ein Blitzlichtgewitter in
meinem Herz entfacht, Systemfehler Liebe,
was ist passiert; bitte liebe mich; küsse mich; wieso,
weshalb, warum,
das Feuer in uns gefriert, wer hat was mit uns gemacht?
Das Gestern scheint für ewig stumm,
Sweet Love, finde mich,
alles ausgeträumt, ich liebe dich!!! wolltest es nicht hören,
weitere 10 Jahre Liebe auf dem Abstellgleis,
wird mein Herz zerstören, verliebt ins Leere hinein,
das ist der Preis, soll nicht anders sein!

Tanz mit mir...

Halt mich, inhaliere mich, lass mich nicht los.
Jede Woche einmal dasselbe Spiel,
bei Wind, bei Kälte, Sturm, Hitze und Regen,
solche Treffen tiefer Vertraulichkeit,
schwindelerregender Zärtlichkeit, oh, man,
punkt 18 Uhr am Rande der Stadt,
unter dem Schutz der alten Eichen,
endlos scheinendes Glück.
Jede Berührung, alle Küsse elektrisieren,
spürst du dieses Eis im Vulkan?
Leidenschaft wirft uns aus der Bahn...
Wenn sie da oben tanzen, schwindelig tanzen,
alle Farben der Liebe crashen im Herzen ineinander,
Blut in den Adern so heiß wie Lava, kälter als Eis,
wenn Regenbogen tanzen, sind wir eins,
vergessen alles um uns in dieser Nacht.
Wie du 7 Tage lebst,
wem du 6x mit Sex den sechsten Sinn verdrehst,
alles egal, wir leben,
atmen und existieren für diese eine Nacht,
wir lieben den irrationalen Kollaps,
Wahnsinn, diesen Wahnsinn zu spüren,
nichts will ich je gegen diese Stunden eintauschen,
abertausende Detonationen auf der Haut,
immer mehr, immer mehr Gefühl,
die Zeit sie rinnt, welch Segen,
welch Leichtigkeit, genieße die Zweisamkeit.

Wir schmelzen zusammen in dieser Nacht,
noch ein Ritt durch den Regenbogen,
die Sanduhr ist gleich abgelaufen,
der Bann darf nie mehr weichen,
gegen den Strom, wir müssen loslassen,
es zieht uns zurück,
18 Uhr draußen vor der Stadt,
unter den Eichen wird es wieder passieren,
Traumwelt, haben keine andere Wahl,
wir werden uns immer wieder
in der Ekstase der Liebe verlieren.

Tränen aus Eis

Liebe zulassen, ist sooo lange her,
Enttäuschungen haben mich zerfetzt,
habe mich vor meinen Gefühlen zu dir versteckt,
doch da ist mir das Schicksal in die Quere gekommen.
Dein einzigartiges Lachen lässt Schmetterlinge in mir
fliegen,
Deine blendende Schönheit,
Deine Augen, Deine süße Ausstrahlung,
jeder Blick auf dein Bild fesselt mein Verstand,
Blitz und Donner – ich kann den Duft deiner Haut noch
heute riechen.
Tränen aus Eis, bitte halte mich,
lass mich nun nicht lieblos liegen,
Tränen aus Eis, blind vertraue ich dir meine Seele an,
bin wehrlos bei jedem Gedanken an dich,
Tränen aus Eis, küss mich noch einmal,
schenk mir ein Stück deiner Zeit,
du zartes liebevolles Wesen, schau da oben den hellsten
Stern,
der Stern, der deinen Namen trägt,
ich habe keine andere Wahl –
mein Pulsschlag rast, wenn ich von dir träume,
nicht an dich zu denken, ist unsagbar schwer.
Mit jedem weiteren Tag versuche ich, dir zu entfliehen,
möchte wieder mehr von dir,
hast mich seit so langer Zeit in Trance versetzt,
diese Sehnsucht kocht auf jede Nacht,
schreit durchs endlose Universum, hörst du mein

Verlangen?
Hast du es schon vernommen?
My LOVE, halt mich, lass mich frei,
du bist was Besonderes, dich muss man lieben,
immer tiefer, immer mehr, verzeih mir, ich muss es dir
täglich sagen,
mein Herz will nur zu dir, will dich nicht länger
vermissen,
will dich auf Händen tragen, Tränen aus Eis, du findest
mich nicht,
trotzdem bist du mein Leben, auch mit dem traurigen
Wissen,
dem Wissen, dass wir aneinander vorbei fühlen…
Doch leide ich ehrlich nicht, träume mir meine Träume
herbei,
Gedanken an dich sind im ewigen Dunkel mein Licht.
Liebe ist gefangen und doch erfüllt, und endlos und frei.
Tränen aus Eis, irgendwo da draußen bist du,
das ist, was ich seit Jahren weiß!

Traumtänzer

Jede Woche einmal dasselbe Spiel, bei Wind, bei Kälte und
Sturm, Hitze und Regen, solche Treffen tiefer
Vertraulichkeit, schwindelerregender Zärtlichkeit, oh, man,
punkt 18 Uhr am Rande der Stadt, unter dem Schutz der
alten Eichen, endlos scheinendes Glück,
jede Berührung, alle Küsse elektrisieren,
Tanze mit mir durch den Traum, lass uns in den
Regenbogen fliegen, alle Farben der Liebe laufen im Herzen
zusammen, Blut in den Adern so heiß wie Lava, kälter als
Eis, wenn wir im Regenbogen tanzen, sind wir eins,
vergessen alles um uns in dieser Nacht,
Wie Du 7 Tage lebst, wem du 6x mit Sex denn 6ten Sinn
verdrehst, alles egal, wir leben, atmen und Existieren für
diese eine Nacht, wir lieben den irrationalen Kollaps,
Wahnsinn, diesen Wahnsinn zu spüren,
Tanze mit mir durch den Traum, lass uns in den
Regenbogen fliegen, alle Farben der Liebe laufen im Herzen
zusammen, Blut in den Adern so heiß wie Lava, kälter als
Eis, wenn wir im Regenbogen tanzen, sind wir eins,
vergessen alles um uns in dieser Nacht,
Nichts will ich je gegen diese Stunden eintauschen,
Abertausende Detonationen auf der Haut, immer mehr
immer mehr Gefühl, die Zeit sie rinnt, welch Segen, welch
Leichtigkeit, genieße die Zweisamkeit,
Baby noch einen letzten Tanz,
Tanze mit mir durch den Traum, lass uns in den
Regenbogen fliegen, alle Farben der Liebe laufen im Herzen
zusammen, Blut in den Adern so heiß wie Lava, kälter als
Eis, wenn wir im Regenbogen tanzen, sind wir eins,
vergessen alles um uns in dieser Nacht,

Die Sanduhr ist gleich abgelaufen, der Bann darf nie mehr weichen, gegen den Strom, wir müssen loslassen es zieht uns zurück, 18 Uhr Draußen vor der Stadt, unter den Eichen wird es wieder passieren, Traumwelt, haben keine andere Wahl, wir werden uns immer wieder in der Ektase der Liebe verlieren,

Tanze mit mir durch den Traum, lass uns in den Regenbogen fliegen, alle Farben der Liebe laufen im Herzen zusammen, Blut in den Adern so heiß wie Lava, kälter als Eis, wenn wir im Regenbogen tanzen, sind wir eins, vergessen alles um uns in dieser Nacht,

Tanze mit mir durch den Traum, lass uns in den Regenbogen fliegen, alle Farben der Liebe laufen im Herzen zusammen, Blut in den Adern so heiß wie Lava, kälter als Eis, wenn wir im Regenbogen tanzen, sind wir eins, vergessen alles um uns in dieser Nacht.

Weil Du Du bist

Strophe 1:
Operation Liebe, deine Augen haben mich verführt, das letzte Mal eine Ewigkeit schon her, Gebrauchsanweisung Liebe, blicke nicht mehr durch, wie der Zufall es will, sind wir uns über den Weg gelaufen.

Refrain:
Oh, du hast mich fasziniert, hast mich mit 1000 Volt elektrisiert, meine Gefühlswelt unter Starkstrom gesetzt, oh, oh, oh, fasziniert, 24 Stunden Sonnensturm, System Fehler, SOS, was passiert, liebe mich, küsse mich, befreie meine Sehnsucht heute Nacht.

Strophe 2:
Bis her nur in Träumen, verbringen wir jede freie Minute zusammen, spürst du wie ich die Schmetterlinge fliegen? spürst du diesen Blutstau, möchtest du nicht all die ungesagten Wörter von mir hören? die ich mich nicht zu sagen trau, lass uns alles investieren.

Refrain:
Oh, du hast mich fasziniert, hast mich mit 1000 Volt elektrisiert, meine Gefühlswelt unter Starkstrom gesetzt, oh, oh, oh, fasziniert, 24 Stunden Sonnensturm, System Fehler, SOS, was passiert, liebe mich, küsse mich, befreie meine Sehnsucht heute Nacht.

Strophe 3:

Wenn ich könnte, wie ich wollte, würde ich deine Hand jetzt halten, dir sagen ich liebe dich, doch würdest du es wollen? Wie ich es will? ich weiß es nicht, jede Minute muss ich an dich denken, such dich, du setzt mein Verstand meine Organe lahm, Millionen Stromschläge lassen mein Herz vibrieren, ich brauche dich, lass dich fallen, will dich nie mehr verlieren.

Refrain:

Oh, du hast mich fasziniert, hast mich mit 1000 Volt elektrisiert, meine Gefühlswelt unter Starkstrom gesetzt, oh, oh, oh, fasziniert, 24 Stunden Sonnensturm, System Fehler, SOS, was passiert, liebe mich, küsse mich, befreie meine Sehnsucht heute Nacht.

Refrain:

Oh, du hast mich fasziniert, hast mich mit 1000 Volt elektrisiert, meine Gefühlswelt unter Starkstrom gesetzt, oh, oh, oh, fasziniert, 24 Stunden Sonnensturm, System Fehler, SOS, was passiert, liebe mich, küsse mich, befreie meine Sehnsucht heute Nacht.

Eine Welt voller Bücher

Unvergessliche Abenteuer
Faszinierende Charaktere
Neue Welten und Ideen

Bei Infinity Gaze endet
die Lesereise nie!

Jetzt entdecken unter:
www.infinitygaze.com